W0247973

ISBN 978-2-211-03945-1
© 1994, l'école des loisirs, Paris
Loi numéro 49 956 du 16 juillet 1949 sur les publications
destinées à la jeunesse : septembre 1994
Dépôt légal : juin 2017
Imprimé en France par Clerc SAS à Saint-Amand-Montrond

Pascal Teulade

Qu'est-ce que c'est que ça?

Illustrations de Jean-Charles Sarrazin

les lutins de l'école des loisirs
11, rue de Sèvres, Paris 6e

« Qu'est-ce que c'est que ça ? » demande le petit chien.
Ses amies les souris réfléchissent.
Elles disent toutes : « Heu… heu… »

Les deux souris ont toujours de bonnes idées.
Elles montent dedans, hop, hop, hop !
et font : « Vrrroummm… » en disant : « C'est… une voiture, tiens ! »

Le poussin n'est pas d'accord.
« Mais où est le volant ? Et les roues ?
Non, ce n'est sûrement pas une voiture, c'est…
une baignoire ! »

« Ce n'est pas possible », s'exclame le chevreau, « il n'y a pas de robinets !
Non, ce n'est pas une voiture, ni une baignoire, c'est… un chapeau ! »
Et hop ! il le pose sur sa tête.

Le veau rit : « Comme tu as l'air bête ! Non, ce n'est pas un chapeau, ni une baignoire, ni une voiture, c'est… une chaussure ! »
Il met le pied dedans. Mais la chaussure ne tient pas au pied.

Le chaton se moque : « Que tu es benêt, veau !
Une chaussure a des lacets !
Non, ce n'est pas une chaussure, ni un chapeau,
et encore moins une baignoire ou une voiture.
C'est évidemment… un lit ! »
Et il s'endort.

L'ânon prend sa voix la plus sérieuse et dit :
« Vous ne savez donc rien. Moi qui vais à l'école, je sais.
Non, ce n'est pas un lit, ni une chaussure, ni un chapeau,
ni une baignoire, ni une voiture. »

« C’est un… bateau ! »
Et il le pose dans la mare.

Tout de suite, les trois canetons s'écrient :
« Oh ! le beau bateau ! »

Bébé cygne aussi veut monter…
Mais plouf! Le bateau s'enfonce…

Heureusement, maman cygne…

et tous les grands sont là.

Ils prennent leurs voix de grands qui savent tout et disent :

« Les petits, vous ne savez pas grand-chose du monde. Non, ce n'est pas un bateau, ni un lit, ni une chaussure, ni un chapeau, ni une baignoire, ni une voiture. C'est beaucoup plus simple que ça, c'est… »

« Quoi ? Quoi ? » demandent, impatients, les petits animaux.

À ce moment un cri résonne dans la cour : « Mon pot ! »

«J'ai fini !»